Hersteller / Manufacturer (GPSR)
Storylution GmbH, Biberstraße 5, 1010 Vienna, Austria
E-Mail: story.one@story.one

Paula Yasemin Scharff

Mord, Liebe und Rabenfedern

story.one – Life is a story

1st edition 2024
© Paula Yasemin Scharff

Production, design and conception:
story.one publishing - www.story.one
A brand of Storylution GmbH

Font set from Minion Pro, Lato and Merriweather.

© Cover photo: Das Bild wurde mit dem Tool Canva selbst erstellt.

ISBN: 978-3-7115-6609-6

Für meine Mutter Beate

INHALT

"Wir tanzen hier auf einem Vulkan – aber wir tanzen."
- Heinrich Heine

Kapitel 1: Magdalene Meyer

„Musik", stieß Magdalene heiter aus, als sie ihr Glas hob. Die Trompeten erklangen und die Menge wiegte sich im Takt. Füße traten auf andere Füße, doch niemand beschwerte sich. Sie sog den ausgestoßenen Rauch ihres Nachbarn ein und lachte beim Gedanken an die Spießer, die ihre perfekten Nasen bei so einem Anblick rümpfen würden.

Mit einem Zug stürzte sie den Inhalt ihres Glases hinunter. Es schmeckte faul, wie alles am heutigen Tag. Ihr Blick wurde glasig. Doch sie lachte vergnügt. Arme schlangen sich um sie und erkannte den Schatten eines Mannes hinter sich. *Er wäre stattlich genug.* Dann drehte sie sich um, küsste ihn und schob ihm frech ihr Glas in die Hand, ehe sie tanzend fortlief. Ihre Beine zitterten und sie torkelte durch die Menge. Im nächsten Moment bumste sie gegen eine Wand. „Magda!", rief jemand verzückt, sie wurde auf eine Bühne gezogen. Magdas Blick wurde klarer, als sie Heidi erkannte, und ihr um den Hals fiel. Die jüngere Heidi sah herrlich verzückt aus, trug passend zu ihren Augen ein blaues Kleid. Als die letzten Takte erklangen, löste Heidi sich und hob die Arme. „Zeit für den Höhepunkt des Abends!", lächelte sie. Magda tat es ihr gleich. Nun tanzten sie den Charleston und der ganze Puff tat es ihnen gleich. Sie hörte Lachen und die Musik wurde schneller. Die Welt begann sich drehen. Eine wohlige Wärme erfüllte sie und sie strahlte. Als das Lied nun zu Ende ging, setzte sie sich auf den Sims der Bühne.

„Das hat so gutgetan", säuselte sie, während sie einem der Arbeiter winkte, er möge ihr eine Zigarre abgeben. Als er ihr schließlich noch sein Feuerzeug reichte, zwinkerte sie und schenkte ihm einen großen Schein. Er lächelte, küsste ihre Hand und ging. Heidi blickte nachdenklich: „Lass das Henry nicht sehen." Magda stieß Rauch aus und genoss die innere Wärme. *Die Zigarre war ohne Zweifel billig, aber gut.* „Was auch immer der Amerikaner sieht oder nicht sieht, ist mir herzlich gleich. Ich habe immer kommuniziert, ich sei nicht exklusiv". „Natürlich hast du das, aber er ist ein doch so stattlicher Mann und reich dazu". „Reich bin ich selbst. Auch eine Ehe hatte ich schon und die misse ich genauso wenig wie das Muttersein. Weshalb sollte ich mir selbst die Federn stutzen?" Heidis Bild verzerrte, ihr Ausdruck war undeutbar: „Ein Mann bedeutet Sicherheit." „Nicht für mich. Er ist eine Fessel", ihr Kopf schmerzte. Sie musste heim und hasste es.

Im Treppenhaus ihres Wohnhauses kam ihr ein verschwitzter Hanno Weise entgegen. „Was machen Sie zu so später Stunde hier? Hat Ihr schrecklicher Onkel Ihnen nicht einmal freigegeben?" „Leider gibt es bei uns keinen Feierabend, jedem Hinweis muss nachgegangen werden. Alles andere lässt sich nicht verkaufen." „Ihr Talent ist bei ihm verschwendet. Vielleicht besuchen Sie mich mal wieder und wir sprechen über ihre Alternativen. Guten Abend, Herr Weise", ohne, dass der liebe Junge hätte antworten können, schritt sie weiter.

Danach waren ihre Erinnerung schwarz. Der Boden ihres Badezimmers war kalt, das Erbrochene stank. *Niemand würde kommen, nicht Emma, nicht Hanno und nicht Heidi. Sie würde alleine sterben.* Ein Rabe saß auf der Fensterbank. Ein letzter angstvoller Atemzug war alles, was blieb.

"Endlich frei" - Unbekannt

Kapitel 2: der Tod einer Ikone

Ihr Antlitz war kreideweiß, die Lippen waren blau und der Ausdruck des Entsetzten eingebrannt. Eine Krähe hatte eines ihrer Augen ausgehackt. Emma Steiner konnte nur lächeln. *All diese Schönheit war im Tod verloren gegangen. Diese schreckliche Frau war endlich tot.* Emma wusste, es war kaum Zeit, also nutze sie den Moment. Die Befriedigung war etwas Einmaliges. Sie stieß ein leichtes Stöhnen aus.

Einen weiteren Blick schenkte sie der Hure, begann zu schreien und zu schluchzen. Die Tränen rollten ihre Wangen hinunter. Der Gedanke ihrer Mutter auf dem Sterbebett genügte hierfür. *Niemand würde die Korodillstränen erkennen. Warum sollte sie für diese Diebin und Mörderin auch echte Tränen vergießen? Nein, sie weinte um ihre Mutter und welche Konsequenzen ihr Tod gehabt hatte.* „Gnädige Frau! Nein! Gnädige Frau!", schrie sie aus vollem Halse, während sie den Körper rüttelte.

Sie schrie weiter, als sie schnelle Schritte aus dem Treppenhaus hörte. Schnell löste sich von der Leiche und schwankte zurück. Ihr Blick war tränen blind. Vor ihr stand ein großer Mann, einige Dienstmädchen steckten ihre Köpfe in die Wohnung. „Die gnädige Frau ist… die gnädige Frau ist …", schluchzte Emma. Der Mann, Hanno Weise, trat an ihr vorbei und blickte ins Bad. Sein Mund öffnete sich in Entsetzen, ehe an ihr vorbei die Dienstmädchen anbellte, sie sollten die Polizei rufen.

Die Polizei; die Angst nahm Emma die Luft, sie besann sich, *es gab keinen Grund zur Angst.* Niemand würde ein verstörtes und nun arbeitsloses Mädchen verdächtigen. Die Mägde waren verschwunden und schrien im Treppenhaus. Nur „Tod" konnte sie vernehmen. Emma sank auf ihren Hintern und zog die Beine an sich. Sie wollte die Mädchen nicht verschrecken. Herr Weise sank auf ein Knie, reichte ihr ein Taschentuch. Die traurigen Augen lösten Scham aus. Aus dem warmen Gefühl wurde ein Stechen im Magen. Natürlich war Magdalene eine scheußliche Person, doch sie wollte niemanden sonst Leid zufügen. Schon gar nicht Herrn Weise. Seine Finger spielten mit seiner Kamera, er hatte tiefe Ringe unter den Augen. Eben diese Augen wandte er von ihr ab und begann Magdalene aus allen Winkeln zu fotografieren. Das immer wieder aufkommende Klicken vertrieb ihre Schuldgefühle. *Er war ein Reporter. Trotz Trauer waren Profit und das Schundblatt „Der rechte Weg" wichtiger. Er war nicht besser als die anderen Reporter, außer im Tonfall, wo sein Onkel "Hure" schreiben würde, würde er "Dame" wählen.* Inzwischen hatte er das Bad verlassen und lichtete die restliche Wohnung ab. Das Knipsen schien wahllos und er zitterte. Als sein Film voll war, merkte er es nicht.

Die Polizeisirenen ertönten und verdrängten die Geräusche von Berlin Mitte. Sie schnäuzte, zur Übung für ihr Spiel mit der Polizei, hörbar ins Taschentuch, was Herrn Weise erwachen ließ. „Fräulein Steiner, Sie weinen ja gar nicht mehr", *es kam keinen Vorwurf gleich, es war nur eine Bemerkung.* „Meine Tränen sind für die gnädige Frau, mehr kann ich nicht tun. Nur hat mich Ihre Unmoral angewidert", antwortete sie zitternd, doch bestimmt. Daraufhin stand sein Mund offen. Sie hob ihre Hände schützend vor ihr Gesicht, erwartete einen Schlag und tadelte sich selbst für ihre Dummheit. Doch nichts kam. Er war fort.

"Die Polizei, unser Freund und Helfer" - Albert Grzesinski

Kapitel 3: die Schupos und der Ermittler

Die Schutzpolizei war seit einer Viertelstunde in der Wohnung. In dieser Zeit hatten sie die Hure auf ihren Tisch im Wohnzimmer gelegt, den Mund abgewischt und das Gesicht hinter einem Taschentuch versteckt. Emma war uninteressant für die beiden Männer. Sie ignorierten sie und bestaunten die Einrichtung. Ihre Blicke waren über die prächtigen Möbel, das Familiengemälde geglitten und fixierten sich auf eine Ecke. „Das sieht aus wie ein Ei", sagte der Ältere. „Wohl wahr, Wolfgang", entgegnete er, als er über das Kunstwerk strich. *Das Fabergé-Ei.* Doch Emma schwieg und war aufs Sofa gesunken. Die Ignoranz begrüßte sie. *Langfinger sollten sie trotzdem nicht spielen.*

„Warum steht die Türe offen?", fragte jemand, Emma blickte auf. Vor ihr stand ein bulliger, zornig ausschauender Mann. Sofort richteten sich die Schupos auf. Der Ältere nahm ein Notizheft hervor: „Guten Tag, Herr Gennat. Die Tote ist die 45-jährigen Witwe Magdalene

Meyer…" „Weshalb liegt sie dort? Sie wird kaum auf dem Tisch gestorben sein!", Gennat entfernte das Tuch, „Und wozu das?"

Die Schupos zuckten zusammen „Es sah unschicklich aus; die Dame im Bad und ihr Auge…", entgegnete der Jüngere und der Ältere fuhr fort, „Die Witwe des Pharmaziers Friedrich Meyer wurde von ihrem Hausmädchen Emma Steiner gefunden. Die letzte Fete war wohl zu viel. Der Mund war voller Schaum bei unserer Ankunft" *Diese Inkompetenz war herrlich.* „Haben Sie den Schaum weggewischt?", Gennat erwartete keine Antwort.

Nun wandte er sich ihr zu, er befragte sie. Seine Augen begutachteten sie ganz genau, jede einzelne Bewegung und jedes Zucken. Es machte ihr nichts aus. *Sie konnte lügen. Das Miststück hatte sie jahrelang angelogen.* „Was war Ihre Beziehung?", vor ihrem inneren Auge sah sie Wasser, hörte ihren Schrei und eine Hand auf ihrer Wange.

„Sie war …", *ein Miststück*, „meine Herrin. Ich habe den Haushalt gemacht. Die Dame war freundlich zu mir, hat mir Tage freigegeben wie gestern" „Sind Sie nicht etwas jung für solch eine Verantwortung?", bohrte Gennat. „Die Herrin wollte ein junges Ding, sie mag… mochte viele Menschen nicht", stieß sie aus. „Man hört über Frau Meyer vieles von Feiern, Alkohol und Männern. Eine garstige Person soll sie gewesen sein". Ihr Mund öffnete sich. *Was erwartete er? Glaubte er ihr nicht?* „Man soll nicht schlecht über Tote sprechen und sie war zärtlich, doch Alkohol war ihr Laster". „Ein Laster, was zu ihrem Tod geführt haben könnte?", *er hatte den Fisch geschluckt. Niemand dachte über Mord nach.* „Ich kenne mich nicht aus, es gab aber jeden Tag etwas", fuhr sie fort. „Empfanden Sie das als viel?" „Schon". Die Schupos hatten mitgeschrieben. „Wir bräuchten noch Ihre Adresse. Gibt es einen Anwalt oder", mit einem Blick auf ein Familiengemälde, fuhr er fort, „Angehörige zu informieren?"

„Im Buch neben dem Telefon finden Sie die Nummern vom Anwalt und der Stieftochter. Der Kontakt ist jedoch sehr schlecht". Nach Nennung ihrer Adresse wurde sie fortgeschickt, einen Blick auf das Familienbild warf sie noch um in die Kinderaugen zu blicken, die ihre eigenen waren.

„*Die Handlungen eines Furchtsamen, wie die eines Genies, liegen außerhalb aller Berechnungen.*"
Heinrich Heine

Kapitel 4: Recht und Unrecht

Der Gestank von Berlin Mitte drang in ihre Nase, als sie aus dem Wohnhaus trat. *Endlich! Es war noch nicht vollbracht, aber kurz davor.* Ihre Tasche eng an sich gedrückt, folgte sie ihrem Weg, vorbei an vielen Arbeitslosen mit ihren Schildern. Einige sahen gepflegt aus, andere weniger, denen steckte Emma Brot zu. Nicht jeder war dankbar. Doch sie alle nahmen es an. Das Gefühl half die Kopfschmerzen zu überspielen. Doch alle männlichen Arbeitslosen betrachten die arbeitslosen Frauen mit Argwohn.

„Verschwinde!", fauchte ein krummer Mann ein 17-jähriges Mädchen an. Sie zuckte zusammen. Doch er packte ihren Arm: „Hörst schlecht? Verschwinde! Du Stück Dreck wirst nicht meinen Job nehmen! Such dir einen Ehemann!" Das Mädchen weinte fast. *Das war genug!*

„Nein, bitte hören Sie auf", rief Emma verzweifelt. Sie war zwischen den beiden, „Unser

Herr Vater wird ihr schon die Rute geben. Sie ist zu dumm um richtig zu begreifen, was sie getan hat", Emma packte das Mädchen und wandte sich ihr zu, „Hildegard, hat der Herrgott dich denn verlassen? Empfindest du keine Scham? Veteranen ihr Recht streitig zu machen?", das Mädchen blieb stumm, „Sie wird nicht mehr herkommen", schloss Emma ab. Der Blick des Mannes war weich. *Er war harmlos geworden. Ein Glück,* „Hildegard, kann froh sein, Euch zu haben. Haltet Wort und wir vergessen das hier"

Der Mann ließ von ihnen ab und Emma zog das Mädchen in eine Häuserenge „Ich ... ich brauche das Geld, mein Herr Vater blieb im Krieg, meine Geschwister sie haben nur mich", weinte sie. Erst jetzt Emma betrachtete sie. Aus ihrer Tasche kramte sie Geld. Große Augen blickten sie an. „Kannst du kochen, putzen, ein Haus in Ordnung halten?", fragte Emma. Das Mädchen nickte leicht, ihre dunklen Haare wippten. „Geh in den Hinterhof bei dieser Adresse und sag Annabeth hat dich empfohlen. Mach deine Arbeit gut und dein Lohn wird gut sein" Emma steckte ihr Notiz und Geld in die Tasche und wandte sich ab. *Sie würde sie schon verstanden haben, ihr blieb keine Zeit.* Nur fragte das Mädchen noch nach ihren Namen. „Anna", entgegnete sie ohne sich umzudrehen.

Schlussendlich erreichte Emma die Bar und ihre Bleibe, *das tropfende Fass*. „Guten Mittag", grüßte Frank sie hinter der Theke, „So früh schon wieder da?" Er erwartete keine Antwort von ihr. Sie setzte sich und schob ihm die Miete für den nächsten Monat zu. Der Mann zählte jeden Schein nach, um ihr dann ein Lächeln zu schenken: „Auf den Penny genau, Liebling, wie immer", mit einem weiteren Schein war der Alkohol bezahlt. „Gibt wohl was zu feiern, Madame?", stellte er fest. Ohne zu antworten, begann sie zu nippen. *Die Betäubung war leicht, aber sie brauchte ihren Kopf.* Das Telefon klingelte. Sie hob den Blick und er verstand. Mit dem Glas in der Hand bat er sie ins Hinterzimmer, nahm den Anruf entgegen und lächelte: „„Das Fräulein wird gleich ans Telefon kommen" Frank übergab an sie und schloss die Trennwände. „Hier ist der Anwalt ihrer Stiefmutter, Henry Henkens. Es tut mir leid, Ihnen das mitteilen zu müssen, aber Ihre Stiefmutter ist verstorben", sie lächelte und setzte zur Antwort an, „meine Mandantin hat sich dazu entschlossen, sie zu enterben". Das Glas fiel und zerbarst auf dem Marmorboden.

„Mein ganzes Leben lang haben mir die Leute gesagt das ich es nicht schaffen werde."
– Ted Turner

Kapitel 5: das Telefonat

Ihre Hand zitterte und in ihren Ohren klingelte es. *Nein! Das hatte diese Kuh nicht gewagt!* „WIE BITTE?", schrie sie aus vollem Hals, „DAS IST NICHT WAHR!" Ihre Augen tränten. Sie war schon allein, jetzt sollte sie auf ihr Geld verzichten. „Beruhigen Sie sich Fräulein Meyer. Eine Dame schreit nicht", kam es mit amerikanischem Akzent. „WAGEN SIE ES NICHT!" , schnaubte sie, „MEIN NAME IST ANNABETH MEYER. DAS IST DAS GELD UND DIE FIRMA MEINES VATERS! NICHT VON DIESER DRECKSSCHLAMPE! ES GEHÖRT MIR! ER HÄTTE DAS GEWOLLT"

Ein lautes Aufatmen war zu vernehmen. *Wehe er würde ihren vulgären Ausdruck korrigieren.* Ganz der Diplomat fuhr er fort: „Aus seinem Testament geht hervor, dass seine Gattin das Geld seiner Kinder verwalten sollen. Dass sie dies als junges Ding nicht begreifen können, wundert mich nicht. Meine Mandantin ist Ihnen zu nichts verpflichtet. Außerdem hat sie eigenes Geld…" „Eigenes Geld!? Meinen Sie ihren Ruf als bessere Kleiderstange. Das interessiert mich nicht! Ich werde mein Zuhause nicht aufgeben. Nicht auch noch das, nach meinem Bruder…"

Ihre Stimme starb und die restlichen Worte des Anwaltes prallten an ihr ab. *Ein kleiner Körper im Wasser. Weiß, kalt, Tod. Sie schreiend am Ufer. Einsamkeit und Grauen.* Als sie wieder zu sich fand, hatte der Anwalt aufgelegt. Dieser schmierige Schuft! Sie donnerte den Hörer auf das Gerät. *Was sollte sie tun? Sie würde aus ihrer Freiheit in eine Abhängigkeit geraten.* Ein Schluchzen ertönte. *Das Geld war doch für die behinderten Kinder wie Hermann. Einige Leute mussten auch noch für ihr Schweigen bezahlt werden.* Sie wischte das braun gefärbte Haar und ihre Tränen fort. *Ein neuer Plan musste her.*

Ring. Ring. Ring. Das Telefon klingelte erneut. *Nimm ab.* Dieser Anruf betraf sie und nicht Frank. Ihre Hand zitterte, als abnahm. „Emma Steiner, habe ich das Vergnügen Sie zu sprechen?", ertönte die Stimme des Anwalts. Ihr blieb die Spucke weg, ehe sie sich besann: „Jaah, wer ist denn da?", sprach sie vorsichtig. „Henry Henkens, wie geht es Ihnen?", er sprach sanft und ohne die vorherige Arroganz. „Es ist schwer. Frau Meyer war immer gut zu mir", ihre Stimme klang lieblich, „ich bin verschreckt und denke, warum musste es die gnädige Frau treffen"

„Es ist wahrlich eine Tragödie, dass es so eine Dame getroffen hat. Ihre Güte zeigt sie jetzt noch, Sie sind Teilerbin" Nun klingelten ihre Ohren wieder. *Nein. Ihrer Scharade schenkte diese Diebin das Geld ihres Vaters und sie - Annabeth - sollte leer ausgehen? Nur würde sie zuletzt lachen.* "Ich … Ich verstehe nicht ganz", hauchte sie. "Meine Mandantin fand Sie so entzückend, dass sie Ihnen, was Gutes tun wollte", *das meinte sie gar nicht, wer sollte den Rest bekommen?*, „Ich schlage vor, wir treffen uns morgen mit ihren Miterben in meinem Büro. Kein Grund zur Eile"

„Dieses Angebot nehme ich an, mir schwirrt der Kopf. Ich begreife es noch gar nicht", antwortete sie, „Sie stehen im Telefonbuch?"„Selbstverständlich, Fräulein Steiner, nur zu Ihren Diensten" *Ganz sicher nicht. Ihr Mandat würde er nicht bekommen, dafür aber ihre Rache.*

Die Prüfung der Loyalität kommt unerwartet. Sei vorbereitet - unbekannt

Kapitel 6: der Schwur

Der Geruch von Franks Kaffee stieg ihr in die Nase. Er war ein angenehmer Vermieter, die ständigen Fragerei ausgenommen. Emma wollte schon zahlen, als er abwinkte und ihr eine Tasse einschenkte. Die Geste war unerwartet, aber nicht unwillkommen. Sie hatte nicht gut geschlafen. Anspannung und Wut hatten sie wachgehalten. Die beiden vergiften ihr Denken und Handeln und sie hoffte, sie betäuben zu können. „Wird nen harter Tag wat?", fragte Frank, während er sich über den Bart strich, „Dat wird's" und das wurde es auch.

Sie nahm die Straßenbahn nach Friedrichshain. Je näher man dem gutbürgerlichen Viertel kam, desto politisch unverschämter wurden sie. „Der rechte Weg", die Zeitung von Gabriel Weise, prangerte die Überschrift der meisten Zeitungen. „Tod der M.M: Weg von Tugend hin zum Verderb, warum dieser Weg in den Tod führt". Ihre Mundwinkel kräuselten sich, es waren die Fotos von Hanno Weise und die Worte seines Onkels. Mit diesem verdrießlichen alten Mann hatte sie nur die Abneigung der Diebin gemein. Ansonsten war er Monarchist und witterte überall die rote Revolution. Das Miststück hatte ihr anvertraut, dass der Alte ein verschmähter Liebhaber war. Das war ein Moment von Sympathie gewesen, als Kind hatte es davon einige gegeben.

Der wahre Schock ihres Tages sollte sich aber nicht in diesem Zug voller Monarchisten ereilen, sondern als sie im Foyer Henkens Hanno Weise gegenüberstand. *Er! Das konnte nur bedeuten... Dieses Miststück!*

Mit der Hand zum Gruß ausgestreckt wirkte er ebenso überrascht wie sie selbst, lächelte aber: „Fräulein Steiner, was für eine Freude. Dann wurden sie ebenfalls informiert" In einer samtigen Bewegung ergriff sie seine Hand und zwang sich zu lächeln. „Die Freude ist ganz meinerseits". An der Art wie er sich versteifte, wurde sie sich ihres schroffen Tons bewusst. *Was erwartete er eigentlich? Er sollte gar nichts bekommen. Wie sehr musste sie noch leiden? Wenn selbst der politische Gegner an ihrer Stelle erben sollte.*

„Mit Verlaub ich wollte mich entschuldigen, mein Verhalten war scheußlich und ich bitte um ein Gespräch". *Er ersuchte also Begnadigung, nur über ihre Leiche.* Entschlossen trat sie einen Schritt zurück: „Ein anständiger Mann hätte nicht diese Fotos in der Zeitung veröffentlicht. Die gnädige Frau wurde im Tod zur Schau gestellt", ihre Augen strahlten Eiseskälte aus, „Dank Ihnen. Wie soll ich das verzeihen?", sie sprach auch zu sich selbst, denn dieser Tod würde sich leider negativ auf den Zeitgeist auswirken.

Sie wollte sich abwenden, doch er hielt sie auf. Herr Weise schaute bedauernd: „Noch verdiene ich nicht Eure Vergebung. Doch hört mich kurz an und entscheidet danach ", Sie gestand ihm diese Chance ein, „Beim Betrachten der Bilder ist mir aufgefallen, dass der Schaum anders aussah als bei einer Alkoholvergiftung. Wissen Sie als Journalist sieht man so einiges; auch Gift", ihr wurde schlecht, „Wenn es keine Alkoholvergiftung sein kann, gibt es nur einen Schluss; Mord. Falls sich mein Verdacht bestätigten sollte, werde ich nicht ruhen bis dieser feige Mörder hinter Schloss und Riegel ist oder ich nicht mehr lebe"

"Das, was du bist, zeigt sich an dem, was du tust."
- Thomas A. Edison

Kapitel 7: die Verschwörung zur Aufklärung

Ihre Augen starten ins Nichts. Zu ihrem überaus großen Glück war der amerikanische Anwalt ins Zimmer geplatzt, bevor sie hätte antworten müssen. Von der Stunde hatte sie nichts behalten. Falls er wirklich einen näheren Verdacht hatte, sollte sie ihm keine freie Hand lassen. Es könnte alles gefährden. Dann würde sie ihr Leben im Gefängnis verbringen und sollte sie freikommen, wäre sie mittellos für die behinderten Kinder. *Sie musste handeln.* Henkens bat derweil um die Unterschrift und schloss ab mit: "Nun müssen wir über die Aufteilung sprechen, aber alles zu seiner Zeit"

„Ich finde nicht, dass ich mit Ihnen sprechen muss. Ihr Job ist mit meiner Unterschrift hier erledigt", entgegnete sie kalt. „Bitte!?", schnappte er. „Sie haben schon richtig gehört, ich möchte in keiner Verbindung mit Ihnen stehen. Sie Ehebrecher!", sie setzte ihre Unterschrift unter das Dokument. „Ich habe nie meine Gattin betrogen" „Verkaufen Sie mich nicht für blöd, wissen Sie als Dienstmädchen bekommt man, solche Tage wie im Mai mit…" „Hören Sie auf…" „Einige dieser Dinge können gerne unter uns bleiben. Guten Tag", sie lächelte Herrn Weise an, bevor sie ging, „Ich werde draußen warten"

An die Hauswand verwarf sie den letzten Gedanken, die stumme Partei zu bleiben. *Sie musste die Strippen bei sich behalten.* Kurz später gesellte er sich nachdenklich zu ihr. „Wenn Sie Wort halten, werde ich Ihnen ewig dankbar sein", begann sie. Er blickte auf, „doch woher kommt dieser Sinneswandel. Weshalb veröffentlichen Sie so etwas Abscheuliches überhaupt und wollen sich im nächsten Moment auf ewig der Gerechtigkeit verpflichten"

Kurz sah er verzweifelt jung aus. Sie waren beide erst Anfang 20. „Frau Meyer meinte immer, sie hätte, was in mir gesehen", seine Hände zitterten, als er eine Zigarette hervorholte. Er trauerte aufrichtig. Ihre Augen waren feucht. Sie wollte ihr eigenes Leid beenden, doch hatte einem anderen Leid zugefügt. „Jedenfalls bin ich ihr das schuldig, falls es Mord war", beendete er das Thema. „Falls es Mord war, ist es nicht nur Eurer Anliegen. Die gnädige Frau lag mir am Herzen und ich möchte Sie unterstützen. Sie… Ihr Tod … sollte nicht ihrer Leichtsinnigkeit zugesprochen werden, sondern ihrem Mörder", verstohlen wischte sie eine Träne fort.

Jetzt sah er ihr intensiv in die Augen. Sie waren tiefblau. *Doch er durchschaute sie nicht.* „Für wahr, Fräulein Steiner" „Emma. Mein Name ist Emma", sie bot ihm, das „Du" an, das war intimer. „Hanno", gab er zurück, „Du hattest Henkens Untreue erwähnt. War das…?" Anhand seines Ausdruckes war sein Unbehagen abzulesen. Emma blickte peinlich berührt, sprach sie seine Gedanken aus, „Jaah, mehrfach. Er hat ihr oft seine ewige Liebe beteuert. Nach einer Weile hatte sie genug vom Abenteuer mit *dem verheirateten Amerikaner*" Beinahe erwartete sie, dass er angesichts seiner Einstellung eine Miene ziehen würde, was er nicht tat. Seine Entscheidung würde sich durch kein dreckiges Geheimnis ändern. *Das war zwar unerwartet, aber nicht unmöglich zu lösen.* „Ein verschmähter ehemaliger Geliebter, der Rache suchen möchte, klingt sehr nach einem Motiv" Sie lächelte, *denn er hatte den Fisch geschluckt.*

"Es gehört oft mehr Mut dazu,
seine Meinung zu ändern, als ihr
treu zu bleiben"
- Friedrich Hebbel

Kapitel 8: Worte und Taten

Zusammen hatten sie Friedrichshain verlassen und fuhren schweigend zum Tatort. Als sie die Treppenstufen der Wohnung hoch schritten, kam Herr Gabriel Weise ihnen entgegen. Missbilligend sah er sie kurz an, bevor er sich seinem Neffen zuwandte. Hanno wollte sichtlich der Situation entfliehen. Sie spitzte die Ohren.„Wo warst du den ganzen Tag? Die Redaktion läuft nicht von selbst und deine Vertretung arbeitet mit der Genauigkeit eines Weibs", schnaubte er durch seinen Kaiser-Willhelm-Bart, abschätzig sah er sie an, „Wenn du den Weibern die Röcke durchkucken möchtest, so tue es in deiner Freizeit"

Die Galle kam ihr hoch, was ein Widerling. Hanno war aufgetaut, anders als seine Stimme. „Diese Verbindung ist rein geschäftlich. Ich habe geerbt", er hielt die Schlüssel hoch, „Es ist die journalistische Pflicht die Öffentlichkeit aufzuklären" Die Augen wurden groß und stolz, dann klopfte er ihm auf den Rücken, „Deinen Grips sollte man nicht unterschätzen, mein

Sohn. Ein Glück hat das Teufelsweib einen Narren an dir gefressen, nur damit du ihr in den Rücken fällst. Wahrlich brilliant. Eine neue Reihe in unserer Zeitung: die dreckigen Abgründe der modernen Frau. Perfekt wahrlich!", damit verschwand er in der unteren Etage. Ihre Anwesenheit hatte er komplett vergessen. *Ein Glück, sonst hätte sie ihn die Augen ausgekratzt.*

Als sie die Wohnung betreten hatten, sprudelte sie los: „Also ist es doch nur ein Spiel?" Hanno sah beleidigt aus: „Wo denkst du hin? Natürlich war das gelogen. Ich habe ihm gesagt, was er hören wollte. Sonst hätte er uns gestört" Auf einmal leuchtete es ihr ein wie eine Laterne. Es ergab mit einem Mal Sinn. „Du glaubst nicht an die Monarchie oder an das, was du schreibst. Du machst es nur, um deinem Onkel zu gefallen", äußerte sie ihre Gedanken. Seine Hände zuckten. „Natürlich glaube ich daran, ich … ich bin nur weniger extrem als er", merkte er defensiv an. „Wieso hast du sie dann geliebt? Sie entspricht allen, was du verabscheuen solltest", bohrte sie weiter. Weiter in die Defensive gedrängt, antwortete er: „Ich habe meine Gründe. Außerdem ist mein Onkel Familie. Ich habe ihm viel zu verdanken" „Auch der Familie gegenüber sollte man für sich selbst einstehen können", sagte sie und trennte Magdalena in Gedanken von ihrer Familie ab. „Das Telefon hier", wechselte er schnell das Thema, „Gibt es eine Möglichkeit nachzuverfolgen, wer wie oft angerufen hat. Wurde darüber Buch geführt?" Seine Finger strichen über den Hörer. „Warum sollten wir das tun?", fragte Emma perplex. „In der Redaktion müssen wir das allein aus beruflichen Gründen tun" Ihr dämmerte Böses, doch um kompetent zu bleiben, musste sie diesen Bauern opfern. Früher oder später würde er selbst draufkommen. Die Frau hatte nichts in der Hand außer Namen. Ihr Rabe würde sie beobachteten. „Da gibt es eine Frau, die Telefonistin von Mitte und außerhalb. Sie wird über die Verbindung, die sie am häufigsten steckt, Bescheid wissen"

„Schätzt du sie als eine Person ein, die gekauft werden kann?" *Das war sie allemal.* Doch würde Adelheid einem Fremden das anvertrauen. *Wohl kaum.* Auch wenn es Henkens betraf, so durfte er dieses Wissen nicht gegen sie verwenden. Also sagte sie vage: „Gut möglich, was tut man heutzutage nicht für etwas mehr Wohlstand"

„Wer hohe Türme bauen will, muss lange beim Fundament verweilen." -Anton Bruckner

Kapitel 9: Schachzüge

Emma spazierte im Morgengrauen die Straßen entlang. Vorbei an einigen Obdachlosen und Sexarbeiterinnen. In diesem Viertel herrschten die Ringvereine. Am Abend zuvor hatte sie Frank mit der Vereinigung rund um *den großen Alf* geholfen, sie hatte auch gesungen. Es war eine gute Ablenkung; von Gedanken über Magdalene und Hannos Gerechtigkeitsdrang.

Bald fand Emma ihren Raben, wie sie das namenlose Mädchen getauft hatte. Das lange dunkle Haar war unverkennbar, sie schleppte Wäsche in die Waschküche. Als die großen Augen sie erfassten, ließ sie beinahe alles fallen. „Gnädige Frau Anna", hauchte der endlich gut genährte Rabe und ergriff ihre Hand, „Sie müssen von Gott kommen". Diese Bemerkung erfüllte Emma mit Stolz. „Behandelt sie das Fräulein Adelheid auch gut? Du sollst dich immer an mich wenden, solltest du unzufrieden sein, hörst du?", krächzte sie. Das Mädchen nickte, „Ah liebes Ding, leider steht es nicht gut um mich" „Wie soll ich das verstehen? Sind Sie krank?", kam es verschreckt von ihr. Dem Mädchen war die heisere Stimme aufgefallen. „Es ist keine Krankheit, nur stecke ich in Schwierigkeiten und brauche Sie", fuhr Emma fort. Die Augen des Mädchens öffneten sich so weit, dass Emma sicher war, sie würde alles tun, was sie verlangte. Es gab diese eine Person, die uneingeschränkt auf ihrer Seite war.

Wenige Zeit nach dem Gespräch begann das geschäftige Treiben in Berlin und sie traf sich mit Hanno, er hatte ihr Essen mitgebracht. *Das war einfach nur lieb.* Hanno hatte ein Treffen mit Adelheid arrangiert, vor dem Emma sich graute. Zwar kannte die Frau ihr Gesicht nicht, aber ihre Stimme. Nur war diese Stimme seit dem Singen heiser. *Was ein Jammer.*

„Ich habe nicht viel Zeit, also lasst uns beginnen", Adelheid hatte sie in ein Nebenzimmer der Telefonzentrale geführt. Sie lächelte Hanno an. Sein Charme hatte wohl diese Tür geöffnet „Gerne würden wir das Gespräch aufzeichnen, nicht war Fräulein Rothe?", fragte er Emma, woraufhin sie nickte. Aus einer Tasche zog er ein Aufnahmegerät hervor. Hanno tat gespielt schockiert, als er den vollen Zylinder entdeckte.

„Nicht doch, sie hätten ihn wechseln müssen", *die Schauspielkunst war echt beeindruckend*, „Es tut mir sehr leid, Fräulein, jedoch ist unser, vom Chef vorgebender, Zeitplan so nicht einzuhalten. Guten Tag also". Adelheid begann panisch in Schränken zu räumen: „Ah nein, nehmen sie diesen" Nach kurzen Ziehen hielt sie einen unbeschriebenen Zylinder in der Hand. *Ihr gemeinsamer Plan war aufgegangen.* Ihr Rabe, Ronja, hatte ihr sagen können, wie sehr Adelheid Männer liebte und dies galt es auszunutzen. „Das ist großartig, Fräulein", lächelte Hanno die Dame an, währenddessen hatte Emma das Gerät gestartet. „Sie haben uns eine Menge Arbeit erspart, in dem Sie uns den Beweis gezeigt haben, dass Sie illegal die Telefonate der hohen Gesellschaft abhören". Die Tonlage änderte sich in Eis. „Nichts haben Sie! Ich habe die beim Aufräumen gefunden und wusste bis gerade nicht mal, was das ist", Adelheid war bleich. „Wenn wir den Schrank ausräumen, werden wir also nicht Ihre Fingerabdrücke und Ihre Handschrift auf den Beschriftungen finden? Sie sind ziemlich naiv", krächzte Emma. Im nächsten Wimpernschlag war Adelheid an ihrer Kehle. *Die Provokation hatte sie nicht gut aufgenommen.*

„Nicht der Schnellste und Stärkste siegt, sondern der, der denkt, dass er es kann." –
Unbekannt

Kapitel 10: Gute Miene zum Bösen Spiel

Sie bekam keine Luft. „Du Miststück hältst dich für clever, oder", schrie Adelheid Emma weinend an. *Wenn sie sie trotz Stimme erkannt hatte, war sie tot.* Mit einem Mal zog eine starke Kraft Adelheid zurück. Luft erfüllte Emmas Lungen und sie hustete bis sie atmen konnte. Hanno hatte die schnappende Frau gepackt, stieß sie gegen die Wand und sie fiel zu Boden.

In Emma kam eine innere Genugtuung auf, *was glaubte diese Frau eigentlich wer sie sei. Sie war ein Niemand.* Hanno versperrte ihr die Sicht auf Adelheid und hob seine Finger um Emmas Hals zu betasten. *Sein Finger war warm.* Au! „Du solltest das kühlen", seine Stimme klang besorgt, doch er zog sich zurück. Es gehörte nicht zur Klasse, ein Dienstmädchen anzufassen. Nicht, dass andere Männer sich daran hielten. Inzwischen wollte Adelheid flüchten. *Das konnte sie vergessen!* Emma stelle ihr ein Bein und Adelheid fiel. Beim Versuch sich umzudrehen, packte Emma ihre Arme und presste ihr Knie gegen ihren Magen. Ein würgendes Geräusch ertönte. „Wir wollen nur reden, mach das nicht nochmal", krächzte sie, „Verstanden!" Adelheid nickte, ihre blauen Augen tränten. Erst dann ließ Emma von ihr ab. Hanno beobachte das Geschehen kritisch, aber lächelte leicht. Nun wollte er Adelheids Aufmerksamkeit, jedoch war ihr ängstlicher Blick auf Emma gefestigt: „Du wirst nur mich ansehen. Du wirst dir jetzt unser Angebot anhören und es annehmen. Wendest du den Blick ab, sehe den Deal als geplatzt an und deine Taten als veröffentlicht", sie gehorchte und nickte. „Du hörst Prominenten, Politiker und Anwälten ab, um dich mit ihnen anzufreunden, nicke, wenn das stimmt". Darauf folgten ein Nicken. „Dann hast du bestimmt auch von Aufnahmen von Henry Henkens und Magdalene Meyer". Und wieder kam das Nicken, gefolgt von Schluchzern und Stoßgebeten. Diese Seite an Hanno war *anziehend*. „Jede Kopie wirst du uns aushändigen. Alles, was du hast". Sie nickte schneller und ähnelte einer unter Drogen stehenden Maus. „Du wirst ab heute Henry Henkens für uns überwachen. Wenn du all dem nachkommst, dann darfst du dein Spiel weitertreiben", sie nickte fest. „Dann schlage ich vor..." „Das ist keine Partnerschaft. Das ist eine Dienstleistung, die du erbringen wirst. Du wirst jeden einzelnen betreffenden Zylinder einpacken hier und bei dir zu Hause", schloss er kalt ab. Emma war zufrieden. Adelheid schien so verängstigt zu sein, dass sie schön schweigen würde. Immerhin drohten Gesichtsverlust und Gefängnis. *Adelheid wusste, dass es eine Person gab, die sich als Emma ausgab. Sie hatte aber keine Emma, sondern Fräulein Rothe vor sich, also hatte sie nichts.* Der Sack füllte sich langsam. Hanno überwachte alle Handgriffe genau, doch Adelheid arbeitete präzise bis sie einen weiteren Zylinder aus dem Schrank stieß. Hanno nahm ihn an sich. „Fräulein Rothe, gehen Sie zwei vor die Tür, den Rest bewältige ich"

Als sie aus dem Raum traten, fragte die Mitarbeiterin, wie das Kunststück zu dritt gewesen sei und sie mit ihrem Partner ebenfalls darüber nachgedacht hatte. Mit purpurroten Gesichtern sagten sie, es sei ganz nett gewesen. Das stimmte die andere Frau zufrieden und Emma ebenfalls, denn in Adelheids Wohnung würde ihr Rabe bereits alles erledigt haben und die Zylinder, mit dem Namen Anna und Emma, würden nicht mehr aufzufinden sein.

„Achte auf deine Gedanken! Sie sind der Anfang deiner Taten." –
Chinesische Weisheit

Kapitel 11: Abgründe

„Du Miststück", fauchte Adelheid als sie auf dem Wachsklumpen im Kamins starrte und wollte ihren Raben einen Satz Ohrfeigen verpassen. Blitzartig hatte Emma ihr Handgelenk umklammert. „Wag es nicht!", krächzte sie, Adelheids riss sich los und untersuchte die restlichen Bestände. Die Finger des Mädchens waren mit Wachs verklebt und verbrannt. Ihr Rat an Ronja war kaltes Wasser und zu verschwinden. Unausgesprochen blieb, dass sie sich kannten. Hannos Augen sprachen Bewunderung aus. *Gut*

Es dauerte drei Stunden bis sie alle Zylinder beisammen hatten. Die Wohnung war voller Luxus und Fotos. Viele von diesem zeigte Adelheid in Abendgarderobe mit Magdalene, wie sie einander in den Armen lag. Emma schluckte. *Das Miststück hatte es verdient.* Das Mantra wiederholte sie bis Adelheid verkündete: „Das war die letzte". Zwei Kisten voller Wachs lagen zu ihren Füßen. Hierfür brauchten sie einen Wagen.

Die nächsten zwei Wochen verbrachten die beiden ausschließlich damit Zylinder in Magdalenas Wohnung anzuhören. Von der Gegenwart arbeiten sie sich in die Vergangenheit. Es war ihre Idee gewesen. Wohingegen Hanno den Vorschlag machte, jeden Zylinder mit Nummer und Inhalt zu notieren und dass Henkens sehr obsessiv war. Oftmals mussten sie die schlecht aufgenommen Bänder mehrfach hören. Daraufhin verfluchte er die Technik und sie Adelheid. „Du hasst sie wirklich", stellte er eines Tages fest. „Ich mag es nicht, wie sie das Mädchen behandelt. Nach unten austeilen und nach oben schmachten, als würden reiche Freunde sie zu einer Lady machen" Sie versuchte vorsichtig den Staub von einem Zylinder zu reiben „Das schon, aber du hast diese Eigenschaft viel Wut mit dir herumzutragen". „Wie bitte?", sie blickte ihm an. *Warum sagte er sowas?* „Gegenüber Henkens und Adelheid, hegst du eine ganze Menge Antipathie. Beide sind diese Aufmerksamkeit nicht wert"

„Für die Aufklärung des Falls verdienen die beiden wohl meine Aufmerksamkeit", entgegnete sie abweisend. „Deine Wut verändert dich, du wirst kalt und kurzsichtig". *Kurzsichtig, sie war ihm Schritte voraus.* „Was glaubst du, wer du bist" „Glaub mir ich verstehe diese Wut auf diese feigen Giftmörder", das Wort spuckte er fast, „aber wir brauchen deinen Grips. Bedenke wie wenig wir hätten, wenn wir Adelheid verlieren"

Schnell startete sie zur Ablenkung das Band: „Magda Liebes, du hast einen Neuen?", lallte Henkens. „Und", entgegnete Magdalene gelangweilt. „Whore" „Nie habe ich behauptet exklusiv zu sein" „Das wusste ich, einen Scheiß wusste ich. Du mit deinem Arschwackeln, du wolltest das. Du gehörst mir nur mir, das hast du gesagt" „Ja im Bett, außerhalb habe ich dies aber nie gesagt ", entgegnete sie entrüstet. „Ich werde es nicht zulassen, hörst du. Pass lieber auf, nicht dass dir jemand ein Messer in deinen Hals rammt. Es wird schmerzhaft…"

Das Band brach ab. Ihr war schlecht. „Was für ein Widerling" Eine Hand legte sich auf ihre Schulter. Hanno sah sie brodelnd an „Ein Widerling ist er, jedoch tötet so einer nicht mit Gift". Er zog einen weiteren Zylinder hervor, er hatte eine Beschriftung: Annabeth Meyer 5.6.1925

*„Als traumatisierte Kinder
haben wir immer davon
geträumt, dass jemand kommt
und uns rettet"
- Alice Little*

Kapitel 12: Familienbande

Ihr Herz sprang ihr fast aus der Brust. Nein, nein, nein! Er würde sie hassen und sie konnte es nicht ertragen. „Wir haben ein Geständnis zur Gewaltbereitschaft. Dieses Tier wollte sie besitzen. Das bestätigt unseren Verdacht sogar", versuchte sie ihn von diesem Gedanken abzubringen, „wo hast du den her?" Seine Hand lag immer noch auf ihrer Schulter. „Er ist widerlich, aber es ist ein Versprechen von Schmerzen, dieser Tod war dafür zu schnell", antwortete er ihr, er zog die Hand zurück. Die Wärme war fort, sie fror. „Adelheid hat diesen fallengelassen, ich wollte ihn eigentlich zurückstellen bis ich den Namen gelesen habe", er zeigte auf das Familienbild, „ihre Stieftochter. Entweder kann sie eine wichtige Zeugin oder die Täterin sein". *Adelheid natürlich,* sie hatte sie unterschätzt. *Ein Glück war es nur ein Band.* Er blickte sie an, als hätte er sie durchschaut. *Es musste sein.*

Als ihr Zopf geöffnet war, floss es einem Bach gleich ihren Rücken hinunter. Hannos Augen weiteten sich. Lange offene Haare waren nicht für die Augen eines Mannes bestimmt. „Es ist logisch, schließlich wurde sie enterbt", sie spielte mit ihrem braun gefärbten Haar, „Trotzdem erschließt es mir nicht, dass nach der ganzen Arbeit Henkens auszuschließen ist, weil Gift nicht seine Mordwaffe wäre". Ihre Hand begann ihr Haar zu glätten. Hanno beobachte sie, ohne etwas zu tun. „Der Verdacht gegen ihn hat sich nicht bestätigt und wir sollten uns andere Optionen offenhalten. Bestraft werden wird er trotzdem". Sie antwortete mit einem Nicken gefolgt von einem Gähnen. *Es war spät.*

„Meine Mutter ist bei der Geburt meines Bruders gestorben", begann Emma, sie war ihm zugewandt, „Ein süßes Kind war er, er hatte nicht viel Intelligenz aber viel Herz. Jedenfalls wollte mein Vater eine neue Mutter für uns. Ich war ganz fasziniert von dieser jungen Frau. Von meinem Bruder war sie angewidert, sie fand seine Ausbrüche anstrengend. Ich, dummes Kind, war selbst von ihm genervt", nun schluchzte sie. „Doch Vater ging in den Krieg für seinen Kaiser und sollte nie wiederkommen", ihr Blick war voller Tränen „Für sie war es schlimm unser Vormund zu sein. Eines Tages machte sie einen Ausflug zum Großen

Wannsee. Jedenfalls wollte ich nicht aufs Boot, weil ich mir übel war. Ich konnte aber alles sehen. Mein Bruder hatte einen Anfall und hat sie gebissen als sie ihn beruhigen wollte. Sie stieß ihn von sich und er fiel ins Wasser und strampelt und sie… sie tat gar nichts, sah starr zu. Mein Bruder starb. Ich habe ihr nie verziehen, natürlich hat sie versucht mich zu bestechen. Erfolglos. Ich hasste sie und sagte es auch. Nach einer Weile verachtete sie mich auch. Wir sprachen nicht und sie schickte mich fort auf die Mädchenschule. Seither gibt es keinen Kontakt und ich verdiene mein eigenes Geld", Bäche fließen ihre Wangen hinunter. Schweigend streichelte Hanno ihren Rücken. Er zog sie näher zu sich ran und spendete ihr Wärme. Ihr Herz schlug leichter. Sie blickte in seine blauen Augen. *Wie grausam das Schicksal war, dass es sie beide entzweien würde.* Lange blieben sie in dieser Position bis sie gleichmäßig atmete. Obwohl sie sehr müde war, schlief sie nicht, sondern spielte es nur vor. *Sie brauchte mehr Zeit.* Er legte sie auf das Sofa, deckte sie zu und streichelte ihre Wange. Dann verließ er die Wohnung. Klack! Sie schreckte auf. *Der Zylinder* war fort. Wacklig hastete zur Tür. *Nein! Warum!* Sie war verriegelt!

"Feigling: einer, der in gefährlichen Situationen mit den Beinen denkt"
- Ambrose Bierce

Kapitel 13: die Flucht

Sie besann sich nicht gegen die Tür zu hämmern. *Was hatte sie anderes erwartet?* Die Hände massierten ihr Herz und ihre Schläfe. Als sie aufblickte, fiel ihr das Ei ins Auge. *Es musste sein.* Emma begann die Beine des Sessels abzutasten. Als Henkens anfing aufdringlicher zu werden, begann Magdalene damit ihre Ersatzschlüssel zu verstecken. *Demnach...* Ihre zitternden Finger ertasteten einen Riss und zogen. Ein Kästchen mit Schlüssel löste sich. Fest umklammerte sie ihn und füllte sich die Taschen mit Wertgegenständen und dem Zylinder mit Henkens Drohung.

Im Schutz der Nacht hastete sie zurück zum *tropfenden Fass.* Der große Alf hatte geladen und die Männer feierten ausgiebig. Frank füllte die Gläser nach. Sie fiel auf wie ein reuiger Köter. „Emma, wat ist dir über die Leber gelaufen?", fragte Frank. „Ich muss fort. Sie haben mich gefunden", entfuhr es ihr ängstlich. Alles, was Frank wusste, war, dass sie sich von ihrer Familie versteckte. Ein Schlucken entwich dem älteren Mann. „Dann bedauert es mich sehr, dass unsere gemeinsame Zeit endet. Ich helfe dir nachher beim Packen" Mit einem Kopfschütteln verneinte sie: „Nein, besorge mir ein Gespräch mit Alf, bitte "Frank war erstarrt „Mit diesem Aufzug musst du es nicht versuchen". *Als ob sie das nicht selbst wüsste.* Kurze Zeit später führte Frank sie ins Hinterzimmer. Die Luft war schwer und voller Drogen. Einige Frauen tanzten Cha-Cha-Cha. Sie kam am grimmigen Piet und Krumnase Sascha vorbei bevor sie vor Alf stand. Frank nickte ihr zu und ging fort.

„Frank, wat macht die Sängerin hier? Frank", brüllte Alf ihm hinterher. „Der Rabe erhebt sich in der Nacht, nutzt den Wind und wahrt sich seine Macht, drum setzt er zum Sturzflug an, und ehe sich die Beut versann, so war es vorbei noch bevor es begann"

Seine Miene hatte etwas Ernsteres angenommen, obwohl er noch lächelte. „Für wahr" Mit einer Handbewegung deutete er an, dass sich die anderen entfernen sollen. „Das Mädchen, was ich dir geschenkt habe, bekommt dir gut, Fräulein Meyer. Sie ist ansehnlich und hat eine schöne Stimme", er führte eine Zigarette zum Mund. „Sie hat mir gut gedient, doch sie muss sterben. Sagt mir bitte, ist heute Nacht ein Mädchen von ihrer Statur und Haarfarbe gestorben? Ein Mädchen, welches niemand vermissen wird?" Das konnte sie für sich nutzen, so grausam es auch klang. Alf faltete die Hände: „Wenn der Preis stimmt, ließe sich es arrangieren"

Das Ei schimmerten im milden Licht. „Nur wenn sie bereits tot war, ich bezahle nicht für den Tod". Alf knirschte mit den Zähnen: „Auf mein Wort" Doch sie gab es nicht frei: „Dieser Mann", nun händigte sie ihm den Zylinder aus, „ hat einer Frau weh getan". Als er den Namen sah, zog er die Augen zusammen. „Damit dieser bei den Fischen liegt, muss schon größere Summe her" Nur wenn sie an Mord dachte, wurde ihr schlecht. *Nein, allein seiner Frau wegen.* „Die Polizei und Presse soll es erfahren. Er soll alles verlieren". Alf stimmte nach Überlegung zu und lud sie zu einem Plausch ein. Die Zeit verging und ihm wurde eine Zeitung gebracht: *Der rechte Weg.* Emma rümpfte die Nase. „Sachte, Fräulein, dieses Blatt dient meiner Belustigung, ohne die Republik wäre ich immer noch Schuhputzer… Oh, das mit der Presse hat sich selbst geregelt".

*„An den Scheidewegen des
Lebens stehen keine Wegweiser."
-Charlie Chaplin*

Kapitel 14: mit Aussichten auf Ärger

Alkohol half ihr sich zu betäuben und nicht zu viel über Hanno und ihr verwirktes Leben nachzudenken. Morgen würde sie zurück nach Potsdam gehen und eine Emma Steiner hätte es nie gegeben. Ob sie ihre alte Identität wieder haben wollte oder vielleicht mit dem restlichen Schätzen weiter nach Hamburg oder München ziehen wollte, stand in den Sternen. Im Notfall könnte sie sagen, sie sei aus den ehemaligen deutschen Gebieten wie Ronja. *Dieses Leben wäre ein schwacher Trost.*

Hanno stand ihr im Weg, wenn er sterben würde und „Emma" tot war, würde das Erbe an sie, Annabeth, zurückfallen. Sie schluckte. *Könnte sie es überhaupt?* Sie hatte Magdalenes Leben in einen Sturm von Hass genommen. Hierbei ließ ihre schreckliche Schuld sie schon nicht in Frieden. Hannos Tod würde ihre Seele zerreißen. Sie war nicht froh über Magdas Tod. Sie realisierte, dass ihr Tod sie zwar zufriedener gestimmt hatte, ihr jedoch keine dauerhafte

Freude beschert hatte. Nicht so wie die Zeit mit Hanno, Ronja oder selbst Alf und Frank.

Ein Klopfen verriet, dass es in der Bar wohl unbehaglich wurde, sämtliche Gäste verstummten und lauschten. „Ein Reporter", gab Sascha von sich, „ein junges Bürschchen". Bei den Worten hatte lehnte sie ihr Ohr an die Tür. „Ich suche nach einer Emma Steiner", *das war Hanno.* Er sollte sich ihr nicht in den Weg stellen. Das durfte er nicht wagen. „Die anderen Damen, die an ihrem Arbeitshaus arbeiten, haben geschnackt". *Warum konnten die nicht ihre tratschenden Mäuler halten?* „Ich kenne niemanden mit diesen Namen", entgegnete Frank in gleichgültigen Ton. Hanno ließ sich nicht abschütteln: „Treue ist wichtig in ihrem Milieu, jedoch können sie mir sagen, wo sie ist" Frank blieb standhaft und unbekümmert: „Diese Dame befindet sich nicht hier, falls es das wäre. Ich habe immer noch Kundschaft" Hanno flüsterte: „Ihr Etablissement ist sehr wohl schon aufgefallen, es wäre doch eine Schande, wenn man das ein oder andere hervorholen würde, ist sie ihnen so viel wert?" Ihr blieb die Luft weg, Frank hatte keinen Grund sie nicht zu verraten. „Pardon, mein Bursche. Das Fräulein ist mir nicht bekannt. Dort ist die

Tür". Der alte Kneipenbesitzer hielt den Mund wie ein Vater. Hanno schnaubte belustigt: „Tja das hat sie so an sich. Falls sie sie doch sehen sollten, sich vielleicht an ihr Gesicht erinnern, ich werde im Adlon meinen Mittagstee zu mir nehmen" *Bis Mittag also, sie würde vorbereitet sein.*

Nach einer flüchtigen Umarmung an Frank hatte sie sich zurückgezogen. Das Haar hatte sie hochgesteckt und feinere Kleidung angelegt. Als sie ihr Spiegelbild so betrachtete, erkannte sie, Annabeth Meyer. Natürlich war das Haar zu lang und sie war zu dünn, aber es war sie. „Lange nicht mehr gesehen". Emma war zu ihrem ich geworden, Anna war die ferne Erinnerung. *Was war die Zukunft? Dem Zufall würde sie nichts überlassen.* Obwohl ihr Herz schrie, sagte ihr Verstand, sie musste es tun, falls es hart auf hart kommt. Ihre Gefühle musste sie wegzuschließen. Würgereiz und Schreckensbilder ließen sie erstarren. Ronja und ihre Familie würde sie weiter versorgen können und auch die medizinische Behandlung behinderter Menschen verbessern können. *Warum sollte sie jetzt aufgeben?* Daran musste sie sich klammern und nicht an Hanno.

"Wer den universalen und alles durchdringenden Geist der Wahrheit von Angesicht zu Angesicht erblicken will, muss fähig sein, auch die geringste Kreatur ebenso zu lieben, wie sich selbst"
-Gandhi

Kapitel 15: Tee und Zigarre

Es war später Nachmittag, als sie das Adlon betrat. Ein älterer Butler führte sie zu ihrem Tisch, er stand etwas abseits. Annabeth musste die Ruhe selbst sein. Hanno war bereits da und erkannte sie erst auf den zweiten Blick. Sie schritt wie eine Dame, wie es ihr eingeprügelt worden war.

„Mit Verlaub, Herr Weise, ich hoffe, Sie mussten nicht lange warten", kam es lieblich von ihr. Er grüßte er sie skeptisch: „Gewiss nicht, Fräulein" Hanno sah gut aus. „Keine Aufnahme, keine Polizei, nur ein Gespräch", er seufzte, „Annabeth, nicht?" Ob er Frieden oder Krieg suchte, konnte sie nicht sagen. „Du wolltest mich sehen, Hanno?", sie ging zum Angriff hinüber. Sein Blick verspannte sich: „Ja, *Annabeth*. Die Frage nach dem Warum hat sich erübrigt", seine Hand zuckte, „es bleibt noch das Wie und Wieso jetzt" „Ah Hanno, Liebster du hattest, es doch schon vor deiner Nase", kam es süßlich von ihr. Sie flüsterte in sein Ohr, „Gift" Er hatte eine Gänsehaut wie sie, sie nutzte die

Gelegenheit eine Heroin-Tablette in seinen Tee fallen zu lassen. *Eine würde ihn nicht töten.* Das einzige Gute an der Mädchenschule war Chemie gewesen. „Und das Wieso habe ich dir gegeben" Sie legte ihre Lippen an seinen Hals. Eine angenehme Wärme erfüllte sie bevor sie sich zurückzog. *In einer anderen Welt...* Der Tee war wieder klar. Hannos schluckte und sprach fester: „Die Frage ist, wieso jetzt? Sie hat Emma geliebt, sie hätte dich auch lieben lernen können". Ihr blieb die Luft weg. *Sie hatte keine Wahl. Sonst hätte sie doch nie...* „Mein Bruder ist ihretwegen tot. Sie hat mich weggeschickt und enterbt. Es ist ihr Werk" ihre Stimme zitterte, „Da gab es keine Zuneigung" Hanno sah sie an. „Glaubst du das wirklich? Sie wollte uns vermählen, mich und Annabeth" Er hob seine Tasse und wollte sie zum Mund führen. Ihre Kehle wurde trocken. So gleich kam auch das schlechte Gewissen. Eine schlechte Partie wäre er ganz und gar nicht gewesen. Blitzartig ergriff sie seine Hand, um ihn davon abzuhalten, diesen Tee zu trinken. „Hättest du zugestimmt?", kam es aus ihrem Mund ehe sie es verhindern konnte, „selbst wenn, hat sie mir immer noch mein Geld genommen. Kein Recht hatte sie dazu!" „Deine Emma war einfach zu überzeugend, in ihrem Testament schrieb sie, sie wäre ihr wie eine Tochter". Speiübel wurde ihr. Magdalene hatte sich neue Kinder gesucht, Emma und Hanno. Verzeihen würde sie ihr nicht, doch ihr Tod sinnlos gewesen. Ein Schluchzer entfuhr. Hanno ergriff ihre Hand, streichelte sie. „Ich verlange nicht, dass du ihr verzeihst. Doch letztendlich bist du ein guter Mensch" Kurz versank sie in einer glücklichen Zukunft; bis sie sich erinnerte: „Was gedenkst du zu tun?" Seine Augen wurden härter. „Die Frage könnte ich dir stellen, die richtige Entscheidung wäre die Wahrheit, dich der Polizei zu stellen" *Er würde alles bekommen. Nur über ihre Leiche.* Sie zog ihre Hand zurück. „Und wenn ich mich nicht stellen möchte" „Das entscheide ich dann", entgegnete er, „schließlich hast du mich dazu inspiriert, für das einzustehen, was mir wichtig ist. Nur gilt das nicht nur für meinen Onkel, sondern eben auch für dich" Er wollte einen Schluck aus der Tasse nehmen, sie zog seinen Arm zurück. „Wann?" „Magdalenes Beerdigung findet Ende der Woche statt, falls die Polizei es zulässt, dadurch das Henkens vor dem Pranger steht, kann es sein, dass der Körper nicht freigegeben wird". Mit einem Blick auf die Uhr wurde er blass. Er stand auf, sah er sie traurig an. „Nutze diese Gelegenheit, um endlich fair zu spielen".

"Konsequent ist auch, wer einer falschen Fährte bis zum Ende folgt" -Thom Renzie

Kapitel 16: Konsequenzen

Tod des Dienstmädchens der M.M.

Nicht nur die Witwe des berühmten Pharmazieherstellers Meyer ist von uns gegangen, sondern auch eine der Personen, die des Rätsels Lösung hätte sein können. War es Mord oder Tod durch die Trunkensucht des Weibs? Das Mädchen nahm es in ihr Grab. Kurz nach 7:00 fand man sie in der Berlin-Mitte neben einem Kino, ihr Gesicht wurde zertrümmert. Bei aller Liebe, die Gott uns gegeben hat, unter dem Kaiser wäre so eine grausame Tat nie geschehen. Die Leiche konnte anhand ihres Ausweises eindeutig identifiziert werden. Der Anwalt und verheirate Liebhaber Meyers gerät unter mehr Zugzwang. Die Amerikaner stellen mit den anderen Hiergebliebenen eine akute Gefahr dar.

Annabeth schlug die Zeitung zu, *der rechte Weg* blieb aufs Neue das Schundblatt der Woche. Fast schon bereute sie es, dass sie ihn sich vor zwei Monaten per Eilpost nach Potsdam schicken ließ. Sie hatte auf einen Artikel von Hanno gehofft, nur blieb dieser aus, sowie in den folgenden Ausgaben. Nur von seinem schrecklichen Onkel mit seiner polemischen Art. Die Bahnfahrt zurück nach Berlin war angenehm.

Sie beobachtete ihren Raben von weiten bei der Arbeit. Als er sie sah, lag vieles im Blickkontakt: Verwirrung, Dankbarkeit, Angst und Wut. Übel nahm Annabeth es ihr nicht, sie trug weiße saubere Kleidung, ihr Haar war wieder blond und sie hatte eine gesündere Figur.

Die Emotionen spiegelten sich im Tonfall: „Ihr seid wieder hier?" *Sicherlich würde Ronja für ihre Worte zu erreichen sein.* Doch sie kam gar nicht dazu sich zu erklären. „Ich bin Ihnen dankbar für alles, was sie für mich getan haben, gnädige Frau, aber ich muss an meine Familie denken". Nun stachen Ronjas Augen wie Messer, sie war zurückgetreten. „Ich verstehe deinen Zorn, Liebes. Ich hätte nicht einfach so gehen sollen", Annabeth versuchte sich ihrem Raben zu nähern, doch er wich zurück, als versuchte er seinen Käfig zu entkommen. „Nein, das hättet Ihr nicht". „Bedenke, dass es dabei nicht um dich ging. Dein Wohl war mein Ziel" Die Hand streichelte sanft über den langen

Zopf, sie liebte dieses Mädchen so sehr, dass ihre Abweisung schmerzte. Ronja hielt kurz inne: „Adelheid ist verhaftet worden und *ihr* wurdet tot gefunden", sie weinte, „ich bin Gott dankbar für Euer Leben und Euch böse. Erst mein Vater, dann ihr". Von den Worten ergriffen, drückte sie das Mädchen. *Sie war Familie.* „Und doch habe ich euch verloren. Wie soll ich Ihnen mit dem ganzen Dreck vertrauen" Das Mädchen löste sich von ihr, „Ich muss an meine Familie denken". *Sie war rein und gut.* „Ich halte es nicht gegen dich, dir und deinen Liebsten wird nie Leid geschehen" Ronja nahm die Wäsche und verschwand in den Hinterhof, wie ein Rabe in der Nacht. Da war keine Wut, kein Zorn, nur das Gefühl der Einsamkeit. Tränen liefen über ihr Gesicht.

Auf dem Dorotheenstädtischen Friedhof fand sie Magdas Grab. Auf Knien legte sie einen Strauß aus weißer Amaryllis und Lorbeer nieder. „Nicht um deinen, sondern um meinen Willen" Ihr Kopf war trotz ihres Verhältnisses gesenkt, denn ihr Schicksal hatte sie nicht verdient. Das Grab zu ihrer Linken zierte den Namen: Emma Steiner. Ein Stottern ließ sie erstarren: „Emma?"

"Wer nur um Gewinn kämpft, erntet nichts, wofür es sich lohnt zu leben"
-Antoine de Saint-Exupery

Kapitel 17: das Nachspiel

Dort stand er mit Anzug und Hut, Hanno. Ganz in schwarz gehüllt doch unverkennbar er. Sie konnte nicht anders als ihm zu drücken. Er hatte ihrer Emma das gegeben. *Wie lieb war dieser Mann?* Erst erwiderte er die Umarmung fest und vergrub seine Nase in ihrem Haar. Leider verging dieser schöne Moment, er löste sich von ihr. An seinen Mantel das Wappen prangte der neu gegründeten Mordkommission. *Nicht er auch noch.* „Bitte. Lass es mich erklären", sie griff nach seinem Arm. Sein Gift traf sie hart: „Was willst du erklären? Dass du wieder gemordet hast, welche arme Seele liegt da an deiner statt?"

Ihre Hände zitterten hart. Doch versuchte sie zu retten, was zu retten war: „Ihr Vater hat sie im Suff erschlagen, sie war schon tot. Bitte glaub mir!" Sein Blut kochte weniger. Hanno hatte sich ihrem Griff entzogen und war zurückgetreten, massierte sich die Schläfe. Zitternd legte er die Zigarre an die Lippen: „Warum so? Ich hatte dir den besten Ausweg angeboten" „Ich wäre im Gefängnis gelandet. Da Emma tot ist, gibt es nichts mehr, was mich belastet. Auch dein Band nicht, da kein Vergleich mehr existiert", erläuterte sie, „Jeder Mensch ist aus einem Grund auf dieser Welt und meiner ist es das Leben der Schwachen erträglicher zu machen" Die Rauchwolke über Hannos Kopf war unübersehbar. Ansehen konnte sie ihn nicht, so schweifte ihr Blick ab, nur um einen Zylinder in der Form einer Kerze zu erkennen. Wie schon so oft an diesem Tag blieb ihr die Luft weg. Er hatte nie vor Anna auszuliefern. *Bitte nicht.* Er bestätigte ihre Gedanken: „Am Tag vor der Beerdigung habe ich ihn einschmelzen lassen, ich war mir so sicher. Der Narr, der ich bin" Er war der Mensch mit dem stärksten Gerechtigkeitssinn, den sie je kennengelernt hatte. So fragte sie nach dem: „Warum?" „Vermutlich einfach nur wegen meiner Dummheit, nur ein Narr hält zur Frau, die ihn vergiften wollte" Sie ergriff seine Hand: „Ich konnte es nicht, das hast du gemerkt. Ich hatte es nicht in mir, dir noch mehr weh zu tun" Sein Blick brannte. „Darin, meine Liebe, bist du gänzlich und mit Karacho gescheitert. Niemand weiß, dass du dein Erbe verloren hast. Henkens besitzt seine Schweigepflicht und das Amtsgericht besitzt keine Kopie des Testaments" Inzwischen war die Zigarette abgebrannt. „Das ist für mich der Weg raus. Nicht für dich. Lebe dein Leben mit dem Geld deiner Familie. Mache die Dinge, die du schon immer machen wolltest. Wonach sich dein Herz sehnt, doch tu es ohne mich" In ihr zerbrach alles. „Wir werden einander nicht sehen, wenn es sich vermeiden lässt. Wir werden nicht unsere Zeit zusammenzubringen, nicht zusammenleben und nie mehr als oberflächliche Unterhaltungen führen. Wir werden einander nie wieder nah sein, ich möchte dich nicht mehr sehen" Wo einst die Wut gewesen war, war nun nichts als Leere. „Warum so still, Liebes?", fragte Hanno traurig, als er den letzten Zug nahm, „Du hast gewonnen"

Mit diesen Worten ließ er sie zurück, im Dreck sitzen, soweit von der feinen Dame von heute Morgen entfernt, wie es nur möglich war. Sie war allein wie nach dem Tod ihres Bruders, damals hatte sie noch ihre Wut und ihren Zorn, doch selbst die hatten sie verlassen. Ihr Sieg und das Glück, was sie anderen schenken konnte, waren ein schwacher Trost, wenn sie daran dachte, was sie verloren hatte.

PAULA YASEMIN SCHARFF

Ich wurde am 06.07.2005 geboren, lebe im wunderbaren Hamburg und habe dieses Jahr mein Abitur gemacht. Neben dem Schreiben ist Geschichte mit Reiten und Fußball meine größte Leidenschaft. Unter anderem deswegen spielt mein Roman im Berlin der Weimarer Republik. Meine Hauptfigur hat viele meiner schlechtesten Seiten verstärkt. Sie kann kalkuliert und kalt, aber warm und liebevoll sein. Ein Feigling in einem Moment und ein Held im nächsten. Ihr Ehrgeiz treibt sie voran, isoliert sie aber auch und nährt ihre größte Angst; allein zu sein. Im Laufe des Arbeitsprozesse konnte ich mich intensiv mit diesen Themen auseinandersetzen und mir auch über das ein oder andere selbst bewusst werden. Ich hoffe, dass Emma und ihre Geschichte, dies auch ein Stück weit für jemand anderen tun kann.

Loved this book?
Why not write your own at story.one?

Let's go!

FSC
www.fsc.org

MIX

Papier | Fördert
gute Waldnutzung

FSC® C083411

Zeitfracht Medien GmbH
Ferdinand-Jühlke-Straße 7
99095 Erfurt, Deutschland
produktsicherheit@kolibri360.de